노자영 시선집

처녀의 화환

일러두기

1. 원전에는 '한자[한글]'로 되어 있는 형태를 독자들의 이해를 돕기 위해 '한글(한자)'의 형식으로 모두 바꾸었다. 다만 제목의 경우, 한자를 삭제하고 한글로 표기하고 이를 각주를 달아 한자를 알아볼 수 있도록 하였다.
2. 원전에서 알아볼 수 없는 글자는 '●'으로 표시하였다.
3. 이해를 돕기 위하여 편집자 주를 달았다.
4. 이 책의 목차는 시 제목의 가나다순으로 배열하였다.

목 차

가을

1(一)

가비엽고 서늘한, 가을님이여!
당신의 새맑은 고흔 노래가
수정(水晶) 줄기의 흰 말을 타고
큰 바다 저 편(便) 먼 나라로부터
아! 반가히 오십니다 그려
붉은 눈 뜬 더위를 모라내고
살기 조흔 유리세계(琉璃世界)- 만드시랴고요

2(二)

아! 반갑소이다
님의 맑은 소리가 한번 솔솔

소녀(少女)때의 정(情)다운 미소(微笑)와 갓티
푸른 하늘, 흰 공간(空間) 가만히 흔들 때에
무섭든 공기(空氣)는 첫 날 신부(新婦)로 화(化)하고
검어튼 땅은 아츰 하늘로 변(變)하야!
간 곳마다 날개 치는 가비여움
곳곳마다 새 샘물의 서늘함!
아! 님의 가슴에 황금비(黃金碑)를 세우고
찬미(讚美)의 평화연(平和宴)을, 베풀고저 합니다

3(三)

아! 님이여 눈 떠 보서요
오동(梧桐)나무 사이에서 살랑살랑
님을 위해 부르는 맑은 찬미(讚美)를

넓은 동산 푸른 소반 우에

임금(林檎),[1] 포도(葡萄), 황리(黃梨)[2] 등(等), 여러
가지

시뻘어케 벌여잇는 모든 신물을

황금(黃金)갓흔 풀입 잔 우에

방울방울 부어놋는 은(銀)빗 새술(露)을

아! 이것은 님을 위(爲)해 베푸는

어진 자연(自然)의 정성(精誠)스러운 잔채올시다.

---

1) 능금(능금나무의 열매).
2) 황술레(배의 하나).

4(四)

아! 서늘한 가을님이어

님의 새하얀 고흔 치마로

나의 어린 가슴 흠뻑 싸주서요!

나는 당신의 치마 아래서

달빗 아래 소리하는 기럭이떼에

영원(永遠)의 애처러운, 호소(呼訴)를 드르며

거믄 그림자를 가삼에 안고

우작(憂爵)의 꿈속에 자랴 합니다.

(1920.08.20)

가을 삼제[3]

귀뚜라미
무슨 설움 그리많아 기나긴 그 밤을
잠안자고 울며불며 흙속에서 새우는고
내 설움 네게 다주고 나는 잘까 하노라.

들국화
백화가 이울거늘 너 혼자 피었단 말이냐
눈 같은 그 꽃떨기 찬서리에 너울노네
아마도 가을산 여왕은 너뿐인가 하노라.

기러기
기러기 무슨 한을안고 밝은 낮 그만두고

---

3) 三題

어스름 그 달밤에 만리창공(萬里蒼空) 울고가니
아서라 누가 알리요. 그 새에게 맡겨 두어라.

▶▶▶시집 『백공작』(1938)

갈매기

님의 품을 바다 같다고 누가 말하였읍니까?
별들이 내리고 산호가 가지치는

그 넓은 바다 그 푸른 바다!
님이 품은 정열과 매력의 산호가 그늘진
장미빛 바다, 청옥의 바다.
그 품을 누가 바다 같다고 말하였읍니까?

바다를 못잊어 떠도는 갈매기
아! 나도 바다같은 님의 품이 그리워
애닯게 헤매고 떠도는 한마리 갈매기입니다.

▶▶▶시집 『백공작』(1938)

거울

밝은달 거울되어 하늘위에 걸렸구나
지척만리 못 뵈온님 그 거울에 비쳐놓고
기나긴 쌓인 회포를 아뢰올까 합니다.

▶▶▶시집 『백공작』(1938)

고배[4]

이 세상 괴로움 많아 고해라 이름 하거니
눈물 한숨 쓰린 잔을 나인들 피하리요!
뜻같지도 않은 이 한세상을 울고갈까 합니다.

어깨에 매인짐 이다지도 아픈것이
웃어본적 있거니와 울어본적 더 많어라
한(恨)은 길고 낙(樂)은 짧아서
눈물지우고 갈것을
한번 오고 또 못오는 이 짧은 한세상에
어이다 이다지도 불운만이 오는것을
울고 불면 무엇하리요, 운명일까 합니다.

▶▶▶시집 『백공작』(1938)

---

4) 苦盃

15

금5)빗 오월6)

─회상(回想)의 노래─

넷날의 금(金)빗 오월(五月)!
눈을 감고서
그리운 꿈결속에 안기어보면……

찔레꼿 달내꼿 힌 구름 피고
구슬 짓는 물결 소래 물방아 소래
시내의 바위를 휘처 넘는데
두던에 안저서 낙시질하는
넷날의 금(金)빗 오월(五月) 지나간 넷날……

밀보리 이삭에 황금(黃金)이 열니고
미풍(微風)의 장단에 종다리 춤추며

---

5) 金
6) 五月

건넌 산허리에 두견새 울 제
풀 먹는 송아지 뒤따라 단이든
녯날의 금(金)빗 오월(五月) 사라진 녯날……

보리밧 건느고 시내를 지나서
이웃집 계집애와 나물을 캐다가
호메 장단에 호도독 호도독
풀입 피리에 노래를 놉히는
녯날의 금(金)빗 오월(五月) 지나간 녯날!

(1926.05.04, 동경(東京))

꼿 피려는 처녀7)

부활주일(復活主日) 저녁날
소래 업시 깁허오는, 아참노을갓튼
파란 연기(烟氣) 뭉키인 전등(電燈)빗이
대리석(大理石) 성단(聖壇)8) 우에
흐르고 흐르고, 자최 업시 흐를 때
아, 엔젤갓흔 십팔(十八)의 어린 처녀(處女)!
그의 목에서 울어오는, 쏠로의 멜로듸는
무릅 꿀고 고개 숙인, 잔잔(潺潺)한 공기(空氣)를
한(限)업시 흔들고 그만 스러저!

멜로듸는 스러지고
공기(空氣)는 잠자며

---

7) 處女
8) 신을 모신 제단.

그리운 듯 붓그러운 듯
마지막 붉히는
어린 장미(薔薇)의 빗 고흔 미소(微笑)
오! 그는 누구를 위하야
네 가삼에 피여 오르는
탐(貪)스러운 꼿으로
사랑의 화환(花環)을 만들야는가?

꼿이 핀다
향기(香氣) 돈다
오! 진주(眞珠) 담은 네 가삼에
사월(四月)의 미풍(微風)이 새 음악(音樂) 낼 때
네 품에 안긴 한 마리 나븨는
취한 꿈에서, 깨지 못하고

꼿시장(市帳) 아레 가루 누어
'무한(無限)의 동상(銅像)'을 그리겟다고

낙엽

가을밤 찬 서리에 마음 슬퍼 지내이다.

우수수 떨어진들 옛날 정을 잊으리까

그 사랑 뿌리밑에 눈감고 자라오니

백설이 온다해도 이몸 굽어 보소서.

▶▶▶시집 『백공작』(1938)

낙원의 처녀[9]

저녁 햇살이

하수(河水)[10]에 떨어져

피를 토하고 고요히 죽을때

흐터진 금발을

바람에 날리며

그이의 품 안에 안기어 있는

가슴에 꽃 품은

낙원의 처녀!

오! 처녀여!

네 품에 품은

사랑의 꽃을

---

9) 樂園의 處女
10) 강이나 시내의 물

그이의 품에 길이 바치고
낙원의 꿈에서 깨지를 말라!

찬미의 소리에
서늘한 꿈에 눈뜨는 숲 그늘
그리고 하늘에 피어오르는
은빛 구름!

이 모든 자연은
누구를 위하여
무릎을 꿇고 경배하니
품은 곳을 영원히 빛나며
낙원의 봄에서 같이 잠자라!

▶▶▶시집 『처녀의 화환』(1925)

눈오는 저녁

흰 눈이 밀행자(密行者)의 발자욱 같이
수줍은듯 사뿐사뿐 소리곱게 내리네
송이마다 또렷또렷 내 옷위에 은수(銀繡)를 놓으면서

아, 님의 마음 저 눈되어 오시나이까?
알뜰이 고운 모습 님마음 분명하듯
그 눈송이 머리에 이고 밤거리를 걸으리!
정말 님의 마음이 시거던 밤이 새도록 내리거라

함박눈 송이송이 비단 무늬를 짜듯이
내 걷는 길을 하얗게 하얗게 꾸미시네
손에 받아 곱게놓고 고개 숙일까?
이 마음에도 저 눈처럼 님이 오시라

밟기도 황송한듯 눈을 감으면
바스락바스락 귓속말로 날 부르시나?
흰눈은 송이마다 백진주를 내 목에 거네.

▶▶▶시집 『백공작』(1938)

단풍

가을 바람 매섭다한들 내어이 시드리까?
뜨거운 한줌의 마음이 오히려 불이되어
가을산 불 붙이듯 나홀로 타옵나니
행여나 멀리 계신님 이 속 알아 주소서.

▶▶▶시집 『백공작』(1938)

두만강11)의 밤

강(江)물을 껴안은 절벽(絕壁)의 허리에
안개가 자자저 피여오르고
물결의 바람에 갈닙(蘆葉)12)이 울며
회색의 밤은 꼬리를 치느니

밤 오고 별 우는 두만강(豆滿江)에는
강(江)물을 헤치는 떼목소래가
초부(樵夫)13)의 부르는 설은 노래와 함께
강안(江岸)14)에 잠든 수음(樹陰)15)을 울니고 잇느니 ─.

---

11) 豆滿江
12) 갈댓잎.
13) 나무꾼(땔나무를 하는 사람)
14) 강기슭(강물에 잇닿은 가장자리의 땅).
15) 나무의 그늘.

검온 빗 좌우(左右) 치는 하날 우에는
형화(螢火)16)의 떼가 금(金)실을 치나
하안(河岸)을 직히는 순사의 총(銃)끗은
그 빗에 비치어 노기(怒氣)17)를 토(吐)한다

그러나 별들의 노래가 물 우에 나릴 때
은(銀)빗의 새하얀 이어(鯉魚)18)의 손은
그 별의 노래에 춤을 추랴다
밤을 놀내는 도문선(圖們線)19) 기적(汽笛)에
그도 철버둥 물속에 잠기면……

16) 반딧불(반딧불이의 꽁무니에서 나오는 빛).
17) 성난 얼굴빛이나 그런 기색.
18) 잉어(잉엇과의 민물고기)의 원말.
19) 동해안의 웅기와 나진을 연결하는 철도로 함경북도 회령에서 두만강 연안의
    국경 지대를 잇고 있다.

밤 깁흔 두만(豆滿)의 물결 우에는

우는 강(江)물과 뛰는 형화(螢火)만

별 뜨는 하날로 흘너 가느니

(1925.8.17. 도문선(圖們線)에서)

무명의 구근[20]

이 마음은 땅밑에 잠자는 무명의 구근
동면을 계속한지 오래되어 땅바닥을 부비며
촉촉이 적셔지는 봄비의 땅바닥을 기다리나니
아, 피고 싶어 붉은 잎, 그 정열의 송이로
타고타고 봄 아지랑이 밑에 타고 싶어

이 마음은 날고 싶어하는 하나의 작은 새!
우유빛 가는 발로 초록의 나뭇잎을 긁으며
미풍에 바삭이는 먼 신비의 음향을 기다리니
아, 날고 싶어 푸르릉 저 수흑색 강가에
저 은모래 알알이 빛나는 백사장 위에

---

20) 球根

이 마음은 울고 싶어하는 하나의 작은 종!
청동의 녹슨 몸으로 새벽 안개를 헤엄치며
새벽 안개를 피로 물드리는 빛나는 해를 기다리나니
아, 울고 싶어 뗑뗑 온 하늘을 주름잡으며
우렁찬 목소리로 가슴을 헤치고 울고 싶어.

▶▶▶시집 『백공작』(1938)

무제²¹⁾

외롭어 가슴에 눈물질 때는
벗나무 푸른 산(山)속을 차저가
법국새 소래를 듯고 잇서요.

설거퍼 마음에 한숨질 때는
강(江)물이 흐르는 벌판을 차저가
할미꼿 송이를 따고 잇지오.

그러나 이것도 견댈 수 업스면
동(東)녁의 뜨는 새하얀 달이
재 넘어 서산(西山)에 잠길 때까지
그 달의 줄기를 손으로웅키며

---

21) 無題

밤이 새도록 울고 잇다오!

(1926.03.31. 한양(漢陽)에서)

물결

물결이 바위에
부딪치면은
새하얀 구슬이
떠오릅디다.

이 맘이 고민에
부딪치면은
시커먼 눈물만
솟아납디다.

물결의 구슬은
해를 타고서
무지개 나라에
흘러 가지요……

그러나 이 마음의 눈물은
해도 없어서
설거푼 가슴만
썩이는구려.

버들피리

기름같이 흐르는
봄 물의 강가에
버들가지 나붓긴다.

버들가지 꺽어 쥐고
봄 물의 소리에
장단을 맞춰
호도록 호도록
피리나 불까?

썩어진 내 속을
어디다 씻으랴,
흐르는 봄 물에
온 몸을 잠그고
피리나 불며 울어나 보자.

벗이 오면

벗이 오면 들이겟다고
곱다란 월계(月桂)²²⁾를 심어뒷드니
바라는 벗은 오기도 전에
그 꼿은 벌서 시들엇서요.

꼿이 피면 맛나보자고
새파란 언약(言約)을 세워 뒷드니
바라는 꼿은 피기도 전에
그이는 벌서 떠나갓서요

시드른 꼿은
명년(明年)²³⁾에 가 보나

---

22) 월계수(녹나뭇과의 상록 교목).
23) 올해의 다음 해(내년).

떠나간 그이를 어데가 보리!
못보는 그가 보고 십허서
이 맘의 바다엔 눈물이 흘너요!

(1925.01.18)

봄밤

껴안고 싶도록
부드러운 봄밤!

혼자보기는 너무도 아까운
눈물나오는 애타는 봄밤!

창 밑에 고요히 대글거리는
옥빛 달 줄기 잠을 자는데
은은한 웃음에 눈을 감는
살구꽃 그림자 춤을 춘다.
야앵(夜鶯24))우는 고운 소리가
밤놀을 타고 날아오리니

---

24) 꾀꼬리(가마귓과의 새).

행여나 우리 님
그 노래를 타고
이 밤에 한번 아니 오려나!

껴안고 싶도록
부드러운 봄밤

우리 님 가슴에 고인 눈물을
네가 가지고 이곳에 왔는가?……

아! 혼자 보기는 너무도 아까운
눈물 나오는 애타는 봄밤!
살구꽃 그림자 우리집 후원에
고요히 나붓기는데

님이여! 이 밤에 한번 오시어
저 꽃을 따서 노래하소서.

▶▶▶시집 『처녀의 화환』(1925)

봄비

봄비 밤 새도록 소리없이 내리는 비!
　첫 사랑을 바치는 그 여인의 넋같은 보드러운 촉수(觸
手)25)!
　따뜻한 네 지정(至情)에 말랐던 개나리 다시 눈뜨리!

　방울방울 눈물자욱 나무 가지에 어려
　청록이 적은 엄은 어머니 유방에 묻힌 어린애 눈 같구나!
　아, 봄비. 어머니 마음씨 같은 보드러운 너의 애무!
　오늘밤도 내리고 내일밤도 내려라
　겨울도, 추위도, 얼음도 네 발자욱 밑에 모두 녹았으니.

(3월 14일)

▶▶▶시집 『백공작』(1938)

---

25) 물건을 쥐는 손. 하등 무척추동물의 몸 앞부분이나 입 주위에 있는 돌기
　모양의 기관.

북두칠성

검은 하늘 수많은 별중에
은하저편 북두칠성의 그 별하나가 곱아!

아, 많은 사람중 나의 어여쁜 별이여
내 검은밤을 네가 홀로 비치고 있으렴

수많은 산하(山河) 넓은 땅위에
아세아 동쪽 반도란 이 땅이 그리워
아, 이 지구위에 나를 품어주는 어머니시여

아, 밤은 새로 한시! 모든 사람은 시내를 떠난다. 나도
이곳을 떠나야 하겠다. 다시 약수터로 가서 시원한 약물
을 몇 컵 마시고 평화의 꿈을 찾아 가보자!

부기

　삼방 약수는 매우 유명한 곳이니 그 물맛이 사이다와 조금도 다를것이 없다. 약간 달콤한 맛이 조금 없을 뿐이다. 삼방에는 경치보다 약수를 먹으러 오는 손님이 많은데, 여름에는 좁은 골짜기에 천여명의 피서객이 몰려온다.

　밥값은 한상에 50전 가량 이요, 여관의 설비도 대략 정돈되었다. 그 약수에 대하여 함남 경찰부에서 분석한것을 보면 다음과 같다.

　고형물 총량 734,001 중에

　　　　曹達[조달] 99,898

　　　　가리 45,868

　　　　꿈土[고토] 21,760

석탄 224

硅酸[규산] 42,843

철 44,080

기타 31,840

불 사루자

아, 빨간 불을 던지라, 나의 몸 위에
그리하여 모두 태워 버리자
나의 피, 나의 뼈, 나의 살!
〈전적(全的)〉자아를 모두 태워 버리자!

아, 강한 불을 던지라, 나의 몸 위에
그리하여 모두 태워 버리자
나의 몸에 붙어 있는 모든 애착, 모든 인습
그리고 모든 설움 모든 아픔을
〈전적〉자아를 모두 태워 버리자

아, 횃불을 던지라, 나의 몸 위에
그리하여 모두 태워 버리자
나의 몸에 숨겨 있는 모든 거짓, 모든 가면을

오 그러면 나는 불이 되리라
타오르는 불꽃이 되리라
그리하여 불로 만든 새로운 자아에 살아 보리라

불 타는 불, 나는 영원히 불나라에 살겠다
모든것을 사루고, 모든 것을 녹이는 불나라에
살겠다.

▶▶▶『백조』(1923.06)

사공26)의 노래

‘두무깨’나루에서 에여데여 노(櫓)젓는 동안

상평통보(常平通寶)27) 화전(華錢)이 구리돈으로

구리돈이 백동전(白銅錢) 은전(銀錢) 지전(紙錢)으로

바뀌고

물 흐르고 사람가고 오십년(五十年) 세월(歲月)이 갔소

내 배에 태운 손님 수백만(數百萬)이오

그들도 오십년(五十年)안에 동서(東西)로 뿔뿔이 가고

내 얼굴엔 버섯까지 검게 돋았소

물결도 차진듯 노(櫓)소리 구슬프오

새파란 젊은 날을 이 물속에 버리다니

---

26) 沙工

27) 조선시대에 쓰던 엽전. 인조 11년(1633)부터 조선 후기까지 사용했다.

물이야 언제나 한 모양, 山[산]도 그 빛이지만
슬프다 오십년(五十年)을 웨 살었노? 에여데여.

▶▶▶『문장』(1940.12)

사랑의 애가28)

사랑이란 눈물에 젖은 이름!
그 이름 아름답다고 가슴에 새겨 보았더니

아서라 덧없어라
봄날의 피는 꽃과같이
열흘도 붉지 못하고 힘없이 지네

꽃이여, 님이여 그대는 가는가?
오기는 십년이나 벼르고 오더니
갈때에는 열흘도 못잊고 가네

오기는 더디오고 가기는 빠른!

---

28) 哀歌

올때는 끌리는 치마자락에 꽃이 피더니
갈때에는 자욱마다 눈물이 고이네.

▶▶▶시집 『백공작』(1938)

사모29)

우리 님 가신 남쪽에서는
가느다란 바람이 불어옵니다
행여나 먼 나라 그곳에 가서
울고있는 우리 님 탄식이 아닐까 하여

우리 님 밟던 풀꽃 위에
새 하얀 이슬이 떨어집니다
행여나 그 님이 오는날까지
그 눈에 눈물을 담는가 하여

우리 님 보던 나무 뜰에는
옥 같은 달빛이 흘러 내립니다

---

29) 思慕

행여나 그 님이 그 달 아래서

오히려 노래를 부르는 소린가 하여……

▶▶▶시집 『내 혼이 불탈때』(1928)

설야30)

어느 그리운 이를 찾어오는 고흔 발자욱이기에
이다지두 사분사분 조심성스러운고?

창장(窓帳)31)을 새여 새여 퇴돌 우에 불빛이 히미한데
모밀꽃 피는듯 힌 눈이 말없이 나려

호젓한 가슴 먼 옛날이 그립구나
뜰 앞에 두 활개 느리고 섰노라면
애무(愛撫)하는 듯 내 머리에 송이송이 쌓이는 눈!

아, 이마음 힌 눈 우에, 가락가락
옛날의 조각을 다시 마추며
슬픈 추억(追憶)을 고이 부르다.

---

30) 雪夜
31) 창에 둘러치는 휘장.

설월32)

    방해인듯 그 차디찬 하늘. 그러나 그 바다를 항해하는 작은 아가씨. 그 이의 얼굴이 왜 그리 곱고도 차디 찹니까?

    심야삼경 대지에는 인적이 끊어지고 그처럼 밤에 놀기 좋아하는 산토끼까지 싸리나무 밑에 잠이 들었나 봅니다.

---

32) 雪月

세-느강33)의 황혼

—파리(巴里)에 있는 S군에게

무르익은 석양(夕陽)빛 한 줄기!
흐르는 금실같이
발깃발깃 춤을 추며
세-느강 위에 떨어질때

붉은 노을 흘러오는.
남역(南驛) 언덕에서
스러지는 듯 끊어지는 듯
선음(線音) 연한 노래가 날아오리니

아, 그것은 황감(黃柑)34)의 잔물을 발로 차며
어기어차 저어가는 일엽선(一葉船)에서

---

33) 江
34) 잘 익어서 황금빛이 나는 홍귤나무.

청춘들이 부르고 있는
감람피리의 고운 노래이구나

수정 옷 입은 어린 처녀 같은
한 줄기 미풍(微風)! 그의 소리가
빨간 눈을 뒤흔들며
마르세이유에서 날아오는 기적소리에
덧없이 파묻쳐 버렸으나

하늘에서는 푸른 별들이
춤 추고 노래하나니
아! 이것은 파리(巴里)의 밤!
그리고 세-느강의 황혼이어라.

▶▶▶시집 『처녀의 화환』(1925)

수조35)

힌 모래밭은 그 새의 보금자리오
물이 그릴 땐 푸른 물에 둥둥 떠
오리(五里)나 십리(十里)나 얼마든 흘러가다도
모래밭을 못잊어 또 다시 온다우.

힌 모래밭 힌 새는 몇 날을 있어도
흐릴 줄 몰우는 그 님의 맘이죠
해 저무러 자금색(紫金色) 물결이 부더칠 때면
그 새는 그 몸이 물들까 목메어 운다오.

그치만 달밤에 우는 샌 뉠 그리는 소릴까
금(金)빛의 물결이 구비구비 사실저

---

35) 水鳥(물새, 생활 조건이 물과 밀접한 관계가 있는 새를 통틀어 이르는 말).

그 새의 발목을 올구려 오죠
님도 사실이 있으면 밤마다 날 매려오우.

▶▶▶『조광』(1940.09)

애인36)을 위하여

하늘이 생기고 땅이 생기고
그리고 내게는 그대가 있다.

사랑하는 그대여 목이 마르냐?
그러면 네 품의 칼을 잠깐 빌리라
나의 심장을 마음껏 찔러서
그래서 물 넘는 빨간 피로
그대의 목을 적셔주리니

별이 잠기고 꽃이 피고
그리고 내게는 그대가 있다.

사랑하는 그대여 갑갑하더냐

---

36) 愛人

그러면 그 밤이 오기를 기다려다오
먼 산에 달 흐르고 밤새가 울면
이 마음의 노래에 수를 놓아서
흘러오는 달빛에 보내어 주리니

하늘이 무너지고 땅이 꺼져도
그러나 내게는 그대가 있으니

아, 이 몸에 못을 박는 사랑하는 그대여
그대가 하늘에 올라도 땅에 내려도
그대 있는 곳에는 내가 가리니
그러면 그대는 이 몸에 심어져
영원의 봄에 꽃 피워주렴.

▶▶▶시집 『내 혼이 불탈때』(1928)

애인³⁷⁾의 그림자

1(一)

소리조차 바람조차 업는 침묵(沈默)의 궁전(宮殿)

오!! 저편 해 떠오르는 사상(思像)의 바람(壁)에

애인(愛人)이 춤을 추매 그림자를 지워라!!

한 손에 꼿 들고 한 손에 웃음 쥐고

'환멸(幻滅)의 미(美)' '꿈의 노래' '향기(香氣)의 물결'아!

이러한 노래를 수정(水晶)³⁸⁾의 '멜로듸'로 고조(高調)시킬 때

'얼음'의 세계(世界)에 추워 떨던 이 내 영(靈)!

'봄나비'의 신수(身數)³⁹⁾로 너울너울

---

37) 愛人
38) (광물) 무색투명한 석영의 하나.

밝은 그림자를 딸아가며
수정(水晶) '멜로듸'에 깨워지도다.

2(二)

한울도 한울 따도 따.
넓다란 누리 그 가운데
애인(愛人)의 계신 곳 아! 그 곳
내 영(靈) 우에 펼처노은 '게루시아' 붉은 비단 우에
에쁘고 묘(妙)하게 '스케취'한 후(後)
침묵(沈默)의 궁전(宮殿)에서 노래하던
오!! 애인(愛人]의 그 그림자를

---

39) 한 사람의 운수.

평화(平和)를 노래하는 자유(自由)의 여신상(女身像) 가티

그 배경(背景) 우에 그리워 놀리라

3(三)

눈물 골작이 건널 때마다

악마(惡魔) 입에 헤맬 때마다

허위(虛僞)의 신(神)에 잡힐 때마다

오!! 나는. 오!! 나는

그 그림자를 바라보고

부활(復活)의 날에로, 그리고 용사(勇士)의 소리로

파란 연기(烟氣)가 움직이는 넓은 한울을 향(向)하야

놉히 날며 소리치리라

4(四)

바람 거츨고 물결 험(險)한 이 세상(世上)이여!?

그래도 애인(愛人)의 그림자 그속에는

너의 독액(毒液)이 흘러들지 못하리라

'꼿'과 '향기(香氣)'와 '힘'과 '노래'와 '빗'이 가득한

그 속!! 힌 옥(玉)이 좍 깔린 생명강(生命江] 저 편

우리의 세우는 새'에덴'일다

오!! 애인(愛人)이여!? 당신의 그림자여?!

▶▶▶『개관(開關)』(1921.02)

야연[40]

　앞뒤 산이 이마를 맞댄 산협, 내가 자란 범석리(帆石
里)는──
　밤이면 수무나무와 느티나무 그늘밑에
　누리는 칠흑이 되어 한치 앞을 볼수없다.

　관솔불을 피워놓고 그 옆에 멍석을 깐후,
　동네 사람이 모여
　관우장비와 제갈양의 이야기에 꽃이핀다.

　참외를 깍고 옥수수를 씹으며
　"아저씨, 지금은 왜 제갈양이 없어요?"
　이야기는 팥밥보다 수수하고 밤은 호수보다 고요해,

---

[40] 夜宴(밤에 잔치를 베풂, 또는 그 잔치).

반디불이 호랑이 눈알같이 번쩍번쩍
숲속에서 작은 진주를 펴고 있는데,
뒤깐 허청 지붕위에는 하얀 박꽃이 고운 소복을 입고
오봉산 별을 부르고 있다.

▶▶▶시집『백공작』(1938)

약산41)의 도라지꽃

곱다하더라
약산(藥山)에 피는 도라지꽃!
그러나 내가 너를 곱다함은
그 어느날 멀고먼 그 어느 옛날
우리 님이 너를 꺽어서
그의 구름빛 머리에 꽂으실때
그때야 나는, 처음으로서
"아, 예쁜 약산(藥山)의 도라지!"
이처럼 너를 찬미했었다.

약산(藥山)에 피는 도라지꽃아!
너는 우리 님 손에 꺽기였으니
아니 곱다고 어찌하리

---

41) 藥山

아, 그러나 약산(藥山)에 피는 도라지꽃!
너를 꺽던 우리 님만은
봄에 올까. 아니오고
어디로 영원히 가버렸나?
곱다하더라
약산(藥山)에 피는 도라지꽃
늦은 봄이 오게되면
또다시 너를 찾아가서
너의 새파란 어여쁜 송이를
한 아름 가득히 꺽어 가지고
우리 님 가신 길 그 어디던지
하늘 끝 까지 찾아가 보리라.

▶▶▶시집 『처녀의 화환』(1925)

어느 여름날

비가 함박처럼 쏟아지는 어느 여름날——
어머니는 밀전병을 붙이기에 골몰하고
누나는 삼을 삼으며 미나리 타령을 불러

밀짚 방석에 가로누워 코를 골든 나는
미나리 타령에 잠이깨어 주먹으로 눈을 부비며
"선희도 시집이 가고 싶은가 보군. 노래를 부르고!"

누나는 얼굴이 붉어지고
외양간의 송아지도 엄매! 하며
그 소리 부럽던 날——
이 날은 벌써 스무해전 옛날이었다.

▶▶▶시집 『백공작』(1938)

어디로 갈까

어디로 갈까?

삶의 불꽃이 모두 다 꺼져

회색 재만 온몸에

팔삭팔삭 나는

껍데기 혼을 쓴 이몸을 끌고

오! 어디로 갈까?

오! 어디로 갈까?

오! 나는 님이 죽은 시체(屍體)로다

삶을 연홍색 화환으로 얽혀놓고

가는 비단실로 수를 놓으며

온 몸에 피가 따끈따끈하여

인생(人生)은 피어나는 구름과 같이

아름답고 어여쁘니라

무한한 앞길에 오는 앞날에

모든 행복을
신기루와 같이 꾸며보자
오! 생각만 하여도 즐거운
축복의 청춘!
이처럼 생각하던 철없는 꿈이
그 어느날 아침에 깨어질때 부터……

오! 이제는
모든 것을 보았다.
비단과 비단으로 수 놓은
그 같은 예쁜 삶이라는 것을
죽음의 제단에
불살라 버리기 위해
쇠사슬에 엉키어 가는

산양(山羊)으로써
이따금 정신없이 피해 다니는
한 두 마디의 잠꼬대인 것을……

오! 나는 죽은 시체로다.
사랑의 감주를 잔으로 마시고
붉은 무지개에 가만히 누워
하늘의 별들을 두손으로 따며
불타는 이 눈물을 받아 주세요
당신의 품에서
영원히, 영원히
삶과 죽음을 같이 하오리라
이러한 그의 말은
정말이라 믿던 나의 가슴이

그 어느날 아침에 깨어질때 부터……
오! 이제는
모든것을 알았어요
불타는 눈물을 치마에 담고
참이라! 참이라!
하늘을 가르키고 땅을 치면서
피를 모아 맹세하던 사랑이
하나의 거짓을 가만히 숨겨둔
회칠한 무덤의 장식이었던 것을

오! 그렇다면 어디로 갈까?
삶의 힘줄이 모두 풀어지고
사랑의 믿음이
조금씩 깨어진 이때에

머리에 검은 보(褓)를 쓰고 누운

살고도 죽은

이 시체를 끌고

오! 어디로 갈까?

어디로 갈까?

▶▶▶시집 『처녀의 화환』(1925)

언제나 오려나

밤이면
푸른 밤이면
눈을 감고 정신이 없이
언제나 한번 오시려나!
애가 끓어 가슴을 치며
인형과 같이 앉아 있어요

밤은 깊고
별이 우는데
창 사이로 스며드는 한 줄기 달빛을
두 손에 움키어 가슴에 안고
잠 못 자며 눈물 흘리며
님이여, 언제 오시려나!
날마다 날마다 몇 번씩이나

이처럼 섧게도 불러보지요

그대를 부르며
눈물 흘릴 때
구름결 같은 그대의 머리는
바람에 날려 꽃이 되고
홍운(紅雲)42)에 타는 그대의 두 뺨은
향기에 싸여 무지개가 됩니다.

무지개 위에 꽃이 피는
아, 그 같은 어여쁜 그대의 그림자!
나는 꿈에라도

---

42) 붉은 구름.

그 어느날 꿈에라도
하얗게 몸부림 치다가
불 붙는 키스에 그만 넘어지며
오! 이슬 같은 애달픈 눈물을
애처롭게 치마에 적셔보지요.

▶▶▶시집 『처녀의 화환』(1925)

여름밤

울타리에 매달린 호박꽃 등롱(燈籠)43) 속
거기는 밤에 춤추는 반디불 향연(饗宴)!
숲속의 미풍조차 은방울 흔들듯
숨소리 곱다.

별! 앵록초 같이 파란 결이
칠흑빛 하늘위를 홀로 거닐어
은하수 흰 물가는 별들의 밀회장이리!

▶▶▶시집 『백공작』(1938)

---

43) 등의 하나로, 대오리나 쇠로 살을 만들고 겉에 종이나 헝겊을 씌워 안에
    등잔불을 넣어서 달아두기도 하고, 들고 다니기도 한다.

여름밤의 풍경

새벽 한시 울타리에 주렁주렁 달린 호박꽃엔
한 마리 반딧불이 날 찾는듯 반짝거립니다
아, 멀리계신 님의 마음 반딧불 되어 오셨읍니까?
삼가 방문을 열고 맨발로 마중 나가리다

창아래 잎잎이 기름진 대추나무 사이로
진주같이 작은 별이 반짝 거립니다
당신의 고운 마음 별이되어 날 부르시나이까
자던 눈 고이닦고 그 눈동자 바라 보리다.

후원 담장밑에 하얀 박꽃이 몇 송이 피어
수줍은듯 홀로 내 침실을 바라보나이다
아, 님의 마음 저 꽃이되어 날 지키시나이까?
나도 한 줄기 미풍이되어 당신귀에 불어가리다.

▶▶▶시집 『백공작』(1938)

여자없는 나라에

풀 안돋는 나라는
사하라 사막!
여자 없는 나라는
그 어디던가?

모든 여자여!
나와 떠나자!
애처로운 눈물이
핑도는 곳!
속 타는 이 불길
펄펄 뛰는 곳
아, 그곳은
여자가 사는 나라이어라

아, 여자여!
네 이름은 무엇?
젊은이의 속을 태우는
타오르는 빨간 불덩어리!
피만 흔한 사람의 가슴을 쏘는
날카로운 눈물의 화살!

아, 모든 여자여
나와 떠나자!
여자없는 나라로
나는 가련다.

아, 그러면
여자 없는 나라는

그 어디던가?
풀 없는 나라 사하라 사막!
여자 없는 나라 죽음의 나라!

오, 그러면
그리로 가자!
죽음의 나라라도
여자만 없다면 그곳을 찾아
반가히 가리라.

▶▶▶시집 『처녀의 화환』(1925)

외로운 밤

어둔 밤 외로운 밤
시커먼 물 우에,
납덩어리가, 가라안는 듯한
이 뼈만 남은 밤!

오! 이러한 밤에
나만 혼자 올 줄을 알엇스면,
나는 입을 깨물고라도
아니 보내엿스리라!
피로 그린 나의 초상(肖像)을
눈물로 만든 푸른 무지개를
그대의 눈 우에, 그대의 가슴에

그대여! 그대가 만약 마음이 잇거든

이것 하나만 보내여 주구려!
　　그대의 목에서 우러나오는
　　금(金)실가티 곱고 연(軟)한
　　그 시원한 음성(音聲) 하나만을

하얀 수건에 가만히 싸서
오! 그러면
나는 이 시컴헌 외로운 밤에
그 음성(音聲) 하나만을 반가히 듯고
흘리든 눈물을 그만 그친 후
깃버하리다
춤을 추리다

오! 그대여!

그대가 만약 마음이 잇거든
이것 하나만 보내어 주구려!
  그대의 입에서 흘러 나오는
  갓 피랴는 백합(百合)가튼
  곱고 맑은 그 웃음 하나만을
  정(靜)한 조회에 가만히 싸서

아, 그러면
나는 이 쓸쓸한 외로운 밤에
발버둥치고, 넉드리 하다가도
그 웃음소리 하나만을 듯고
깃버뛰리다
즐거워하리다

오! 그러면
나의 여왕(女王)아!
보내라, 그 음성(音聲) 그 웃음을
그 음성(音聲)은 나에게 붉은 무지개다
그 웃음은 나에게 푸른 진주(眞珠)다!

오! 그러면
나의 여왕(女王)아!
나는 그 무지개를 타고
다시 그 진주(眞珠)를 손에 쥔 후
가리라 가리라!

영원(永遠)히 빗나는 미지(未知)의 나라로……

▶▶▶『백조』(1923.09)

우전하44)의 달

스미다 하(河)에 잠긴 달을
두 손으로 힘끗 껴안어다가
님의 품안에 드리려 햇드니
아, 이 어이한 슲흠이릿까?
지나가는 검운 구름이
그 달을 안고 다라나는구려!

가슴에 숨긴, 님의 얼골을
두 팔로 힘끗 껴안어다가
우전하(隅田河) 달속에 옴기려 햇더니
아, 이 어이한 압흠이릿까?
흘너가는, 흉한 물결이

_____

44) 隅田河

그 님을 안고 흘으는구려!

아, 우전하(隅田河) 달속에 님을 차저
이 눈의 눈물은, 마르지 안으나
아, 엇지하릿까?
검은 구름에, 험(險)한 물결이
이처름 머처주지 아니하는 것을…….

▶▶▶『조선문단』(1925.07)

운명

　당사주쟁이 영감, 다리 부러진 돋보기 안경에 원숭이 눈을 희번득거리며
　"신수 보시요. 금년 신수는 대통운이요"
　코묻은 유지(油紙)위에 산가지와 토정비결을 놓고 하루 저물도록 외이다.

　"남의 신수보다 당신 신수는 어떻소?"
　"허허, 나야 그저 사주쟁이로 태어났다니까"

　음산한 저녁놀이 지자, 영감은 사주보따리에 그날 번돈 사십전을 꾸리며
　"이 노릇도 못하겠다. 에, 빌어먹을. 내 사주가 그래 이 노릇을 해먹으란 말인가?"
　영감의 눈에는 눈물이 엉킨다.

▶▶▶시집 『백공작』(1938)

인생⁴⁵⁾

사람의 한 평생은 기쁠까 슬플까
웃음반에 눈물반에 울고웃고 가는것을
그나마 울고만 가는사람 불행하다 하더라

▶▶▶시집 『백공작』(1938)

---

45) 人生

장미

장미가 곱다고
꺾어보니까
꽃 포기마다
가시입니다

사랑이 좋다고
따라가 보니까
그 사랑속에는
눈물이 있어요

그러나 사람은
모든 사람은
가시의 장미를 꺾지 못해서
그 눈물의 사랑을 얻지 못해서

섧다고 섧다고 부르는 군요.

▶▶▶시집 『내 혼이 불탈때』(1928)

조각 반달

창공(蒼空)에 건이는 조각 반달이
저 넘어 솔새에 잠길 때에는
이 몸에 비치든 님의 얼골도
어느듯 그만 사라저 바려요……

꿈갓흔 달이 떠러지면은
시커문 밤이 몰녀 오구요
그 님의 얼골이 사라지면은
외롭은 설음만 소사 올나요……

달이 지고 님이 간 후엔
모든 것은 어둠과 설음 뿐…….
아, 달이여 당신은 영원(永遠)히 가바리렴니까?
아, 님이여 당신은 또 다시 안오시렵니까?

진달래

빨래하는 할머니 방망이 놓고
시내옆 언덕에 진달래 꺾네.

봄 바람에 웃고 온 새빨간 진달래
광주리에 실려서 서울로 가네

표녀(漂女)[46]여 그대여 빨래는 해도
시내의 진달래는 꺽지를 마오.

진달래 꽃은 꺾는다 해도
그 꽃을 신발로 밟지는 마오.

▶▶▶시집 『백공작』(1938)

---

46) 빨래하는 여자.

진주47)의 별

―나의 반생(半生) 중(中) 가장 아름답든 순간(瞬間)을 영원
  (永遠)히 기념(記念)하기 위하야 이 적은 시(詩)를 S자에
  게 보낸다

그립은 당신이여?
무거운 침묵(沈黙)에 잠긴 밤이외다
하날에서 쏫아저 나리는 어두움?
山[산]도 물도, 그리고 아름다운 꼿까지
모다 그 무서운 입으로 생켜바리는
시커먼 밤이외다
그러나 다못 저편(便) 북(北)쪽 하날에는
아참해-ㅅ발에 미소(微笑)를 토(吐)하는
하얀 이슬의 눈갓흔
아!! 보기에도 귀(貴)여운 진주(眞珠)의 별이 잇슴니다

---

47) 眞珠

여보서요? '스윗, 하-트'여?

검은 하날에, 하얀 별 한 개!

아!! 얼마나 귀(貴)엽슴니까?

어둠을 쫏차 줍니다

광명(光明)의 은길(銀路)을 가라처 줍니다

그러고보니, 이야말로

만록총중(萬綠叢中)48)의 한 봉아리 꼿이외다

그 별의 우슴!그 별의 사랑!

아! 꿀갓흔 무형(無形)의 향기(香氣)를

대지(大地)의 가삼에 부(傅)하여 줍니다.

---

48) 전체가 푸른 잎으로 덮인 가운데

아!! 당신이여?
나의 '생(生)'우에도 밤이 왔슴니다
'번민(煩悶)의 밤' '고통(苦痛)의 밤'!
꼿 피려든 나의 가삼과
향기(香氣) 돌든 나의 머리를
짓발고, 차고, 혼미(昏迷)케 하는
아!! 나의 청춘(靑春)을 생켜바리는,
어두운 밤이 왔슴니다.

어두운 밤빗을 등에 지고
험한 산! 거츠른 벌판에
아!! 나는 헤매임니다
그러나 당신! 당신의 가진 진주(眞珠)의 별!
아!! 멀니 눈압헤 떠올 때!

사랑의 금줄(金線)! 광명(光明)의 은길!

그리고 우슴의 술잔!

당신의 더지는 금줄을 손에 잡고

'광명(光明)'의 은길로 쫏차 나와

우슴의 술잔을 마시려 합니다.

▶▶▶『신생활(新生活)』49)(1922.09)

---

49) 『신생활』은 1922년 3월 11일자로 창간된 종합잡지로, 제1호부터 5호까지는 순간(旬刊, 10일간)이었으나 제6호부터는 월간으로 바뀌었다. 1922년 11월호에 특집한 '러시아혁명 5주년 기념' 기사가 문제가 되어 사장 박희도와 인쇄 노기정이 구속되면서 인쇄기도 봉인 압류되었다. 뒤이어 주필 김명식과 기자 신일용·유진희 등이 구속되어 2년 6개월에서 1년 6개월의 징역형을 받았는데, 이 재판이 우리나라 최초의 사회주의 관계 재판이었다. 잡지는 1923년 1월 8일자(통권 11호)로 폐간당했다.

진행50)

천(千)번울고 만(萬)번울어 아니될 일이
한번의 결심으로 이루어 지나니

천(千)번의 탄식과 만번의 눈물이
하나의 행진만 같지 못하다

어여쁜 산 비들기 어디서 우는가
오늘은 빛나는 행복의 아침!
녹색의 지평선 저 멀리 보이네.

나가자 태양을 향하여 한 걸음 한 걸음
굉이와 호미에 땀을 적시는 사람만이

---

50) 進行

승리의 술잔을 마실 수 있으리!

▶▶▶시집 『백공작』(1938)

처녀의 화환51)

연푸른 전등의 연기 아래서
말 없는 웃음을 웃고 있는
화영(華榮)에 넘치는
한 대의 화환!
그는 사월의 노래속에서
곱게 자라난 장미의 촌이더라!

눈빛 커텐을 가만히 열고
동산머리에 떠오르는 흰 달을
두팔로 껴안는 나이 어린 처녀!
그의 가슴에 처음으로 핀
천사의 영혼의 흰꽃이어라!

---

51) 處女의 花環

장미꽃 송이의 고운 화환은
성공자(成功者)의 머리를 지키려니와
천사의 영혼인 처녀의 화환은
누구의 마음을 지키려 하는가?

밤이 깊어 사람은 가리니
성공자(成功者)여, 화환을 들고
승리의 꿈으로 돌아가라!
그러나 남아있는 처녀의 화환은
누가 안고 어디로 가려나

▶▶▶시집 『처녀의 화환』(1925)

추억

지나간 옛 자취를
더듬어 가다가
눈을 감고 잠에 빠지면

아, 옛 일은 옛 일은
꿈에 까지 와서
이렇게도 나의 마음을
울려 주는가?

꿈에 놀란 외로움이
눈을 뜨면
새벽 닭이 우는 하늘 저편에
지새던 별이 눈물을 흘린다

▶▶▶시집 『내 혼이 불탈때』(1928)

춘의 소곡[52]

1. 봄바람

봄바람 봄바람 땅 우에 나려
강아지 버들과 춤추며 오네
할미꼿 송이와 웃으며 오네

나물 캐는 소녀(少女)여 나물은 캐도
할미꼿 나무는 캐지를 마소

피리부는 소동(少童)들 피리는 불어도
강아지 버들은 꺽지를 마소

---

52) 春의 小曲.

봄바람 봄바람 땅 우에 나려
나물 캐는 소녀(少女)의 꼿바구니속에
가만히 안겻다 흘너가네

봄바람 봄바람 시내에 나려
장난치는 목동(牧童)의 버들피리속에
고요히 실녓다 흘너가네

2. 진달래

북악산(北岳山) 굽으러진 언덕 밋에
강(江)버들 십오리(十五里) 기나긴 장제(長堤)[53]에

---

53) 길게 제기함.

가늘게 보드럽게 나리는 봄비는
님 그려 울면서도 미소(微笑) 띄이는
어엽분 청춘(靑春)의 애틋한 정서(情緒)랄가

강촌(江村)을 싸고드는 고요한 황혼(黃昏)을
길-게 나즉이 떠흘으는 연긔는
실버들 가지가지에 녹여드는 양
일은 봄 저믄 비에 길 일흔 마음갓고나

마음 풀린 하늘꼿 구름 박에 아득한데
날아가는 갈가마귀 두세 마리는
가엽다 이 한밤을 어대서 쉬이려노
울며 울며 가는 양 소리마저 설고나

강(江)버들 십오리(十五里) 날 저므러 가는데
어미 찻는 송아지 주인은 어대 갓소
비탈길 강(江)언덕엔 물 깃는 큰아기
진달래꼿은 밤이슬에 잘 때

흘으는 조각달 마음 그리워
잠자는 그 꼿을 보고 잇서라!

▶▶▶『삼천리(三千里)』(1932.04)

코스모스

몸맵시는 가냘파도 마음은 쇠줄같이 굳어

바람이 불때마다 하늘하늘 몹시 볶이다가도

아침에 흰 이슬 맺어 그 모양 연방홍(軟紡紅)으로 피다

더구나 달밤이면 흰토끼 자욱같이

어른어른 땅위에 그림자 홀로 덮이는데

그 옆에 벌레 소리만 그 꽃을 안고 이울어——

▶▶▶시집 『백공작』(1938)

편지

바라던, 바라던 님의 편지를
정성껏 품에 넣어가지고
사람도 없고 새도 없는
고요한 물가를 찾아 갔어요

물가의 바위를 등에 지고
그 님의 편지를 보느라니까
어느듯 숲에서 꾀꼬리가
나의 비밀을 알아채고서
꾀꼴꾀꼴 노래하며
물가를 건너 날아갑니다

비밀을 깨친 나의 마음은
놀램과 섭섭함에 분을 참고

그 님의 편지를 물 속에 던지려다
그래도 오히려 아까워
푸른 시냇가 하얀 모래에
그만 곱게 묻어놨어요

모래에 묻은 그 님의 편지
사랑이 자는 어여뿐 무덤
물도 흐르고 나도 가면
달 밝은 저녁에 뻐국새 나와서
그 님의 넋을 불러나 주려는지……

▶▶▶시집 『내 혼이 불탈때』(1928)

풍경54)

하얀 물까에 고요히 안저서
먼 산(山)의 안개만 보느라니까
숩속55)에 처녀(處女)인 적은 새들이
이 몸을 비웃고 나라 갑듸다

붓그러운 맘에 고개를 숙이고
하얀 물속을 드려다 보니까
여위고 검은 이 몸의 그림이
눈물을 가지고 안젓습듸다

검은 이 몸이 보기 실타고
그 물에 두 팔을 깁히 느허서

---

54) 風景
55) 숲속

이 몸을 힘껏 움켜 내려도
물결만 물결만 구비처 뛰며
설겁은 소래만 비앗고 잇서요!

성난 마음에 큰 돌을 주어
물속 복판에 집어 던지니
천(千) 갈내 만(萬) 갈내 물결은 뛰며
이 몸의 그림도 깨여집듸다.

(1925.07.15. 석왕사(釋王寺)에서)

풍경

성 아래 비탈 언덕—— 그 옆에 옹기장수가 지게를
세워놓고 천식(喘息) 환자 같이 헐떡거리는데, 옆길을
돌아 중망뒤, 아이가 풀밭에서 염소에게 풀을 뜯기고
있다.

건너편 산허리 또약 밭에는 수건을 푹 내려쓴 젊은
아가씨가 두손을 호미 삼아 감자를 캐고, 그 위에 장죽(長
竹)든 영감이 익어오는 감나무를 목을 꼬아 바라보며
"금년도, 감은 제법 많이 달렸거던"
이때 지초빛 저녁해를 꼬리로 헤치며 비들기가 구구
하고 운다.
넓은 당포(唐布) 치마 자락에 바람이 풍겨, 수분(水
粉)있는 한손으로 치마를 감으며, 통통 걸음으로 물동
이를 이고 가다가, 비탈길로 내려오는 복돌(福乭)의 송

아지와 마주쳐 길을 피하다, 산 넘어 가는 초동(草童)들
의 지게장단에 휘바람 소리까지 처량하구나.

▶▶▶시집 『백공작』(1938)

황금의 임금⁵⁶⁾

오랜지빛 저녁노을이
그대의 집 후원에 비쳤을때
숲속에 여왕인 둥근 임금(林檎)은
황금빛으로 반짝입니다.

그때에 그대는 고개를 숙이고
손으로 임금(林檎)을 어루만지며
땅에 어린 묵화의 그늘을
사븐사븐 누르시면서
흔들흔들 흔들흔들
가는 가지를 흔드십니다.

---

56) 黃金의 林檎(능금, 능금나무의 열매)

여보세요. 당신이여
그때에 나는 우리집 담에서
그대의 그 모양을 보았읍니다.
검은 머리에 빨간 댕기가
하얀 치마끝에 춤을 추고
복스러운 예쁜 얼굴에
분홍(粉紅)의 석조(夕照)[57]가 흐르는 그때
"아, 천사의 딸이여, 미(美)의 여왕이여!"
이처럼 노래를 불렀읍니다.

석양의 노을은 쓰러지고
황금의 임금(林檎)은 고개 숙일때

---

57) 석양(夕陽, 저녁때의 햇빛).

117

그대도 가고 나도 갔으나
그대의 후원, 그 임금(林檎) 아래는
처녀의 향기, 청춘의 정열!
영원히 못잊는 애타는 기억을
눈물로 묻어둔 사랑의 무덤
이것은 길이 남아 있으리라.

▶▶▶시집 『처녀의 화환』(1925)

황혼58)

서편산(西便山) 봉우리에 가루걸린 석양(夕陽)은

새로 익은 쎄누의 임금(林檎)같이 붉다 못해

나종(那終)에는 하눌까를 뻘겋게 불태우나니

석조(夕照)의 휘광(輝光) 하루 종일(終日) 불타든 해의 남은 정열(情熱)!

'청공(靑空)아 너는 내 정열(情熱) 밑에 마저 타거라'

그 붉은 밀어(密語)를 홍매색(紅梅色)으로 자금색(紫金色)으로

풀은 하눌을 물드리고 에워싸고 그리고도 오이려 남나니

---

58) 黃昏

그 빛난 여광(餘光)59) 해가 지평선(地平線) 아레 떠
러진 후에도
　높은 하눌에는 금색(金色) 무지개가 흘러가고
　햇불같은 그 정열(情熱)은 하눌까에 떠도네.

　그러나 일분이분(一分二分) 오랜 시간(時間)이 지난
후에는
　붉게 떠돌든 추억(追憶)조차 망각(忘却)의 구렁으로
흘러갔는지
　회색장막(灰色60)帳幕61))이 퍼지고 엉키며 하눌 문이
덮이나니

<hr>

59) 해나 달이 진 뒤에 은은하게 남는 빛.
60) 정치적 사상적 경향이 뚜렷하지 아니한 상태를 비유적으로 이르는 말.
61) 어떤 사실이나 현상을 보이지 아니하게 가리는 사물을 비유적으로 이르는 말.

아 황혼(黃昏)이여 어둔밤의 서곡(序曲)이여!

고양이는 산(山)모퉁이에서 야회(夜會)의 기쁨을 기
다리고
산(山)새들은 신비(神祕)의 밀어(密語)를 남은 일기
(日記)에 마지막 종알대며 꿈을
펴놓은 서늘한 숲속으로 드러가나니
아 눈뜨기 시작하는 풀은 별이여 너는
오늘밤 나와 함께 고요한 교환(交驩)을 맺으리.

▶▶▶ 『조선문단』(1935.04)

흰 별을 찾아

땅의 꽃들은 여름에 묻히고
사람들의 사랑은 피 속에 잠길 때
나는 하늘의 별들을 바라보았다.

꽃도 지고 사랑도 가고
대지는 찬 물결에 얼어 붙는데
어째서 하늘에는 고운 별들이
그렇게 늘 웃고 많은 별들이……

푸른 별들에게 손을 들어서
땅에서 실증난 이 몸입니다
바라니 이 몸을 데려가세요

별들은 웃고 깜박거리며

사람은 언제든지 사람의 땅에서

눈물도 흘리고 모두 마시고

그래서 새꽃을 피워 보시구료

▶▶▶시집 『처녀의 화환』(1925)

노자영

(盧子泳, 1898~1940)

호는 춘성(春城). 시인이자 수필가, 교육가, 기자로 활동하였다. 출생지는 황해도 장연(長淵) 또는 송화군(松禾郡)으로 전해지고 있으나 정확한 것은 알 수가 없다.

평양 숭실중학교를 졸업하고 고향의 양재학교에서 교편생활을 했다. 1919년 한성도서주식회사(漢城圖書株式會社)에 입사했으며, 한성도서주식회사에서 『서울』·『학생』지의 기자로 있으면서 감상문 등을 발표했다.

1925년경 일본으로 넘어가서 니혼대학[日本大學]에서 수학하고 귀국하였으나 폐질환으로 5년간 병석에서 있었다.

1934년 『신인문학(新人文學)』을 간행하였으나 자본 부족으로 중단되었다.

1935년에는 조선일보사 출판부에 입사하여 『조광(朝光)』지를 맡아 편집하였다.

1938년에는 기자 생활을 청산하고 청조사(靑鳥社)를 직접 경영한 바

있다.

작품 활동은 1919년 8월 『매일신보』에 「월하(月下)의 몽(夢)」이, 11월에 「파몽(破夢)」·「낙목(落木)」 등이 당선되면서부터 본격적인 작품 활동을 했다.

1921년 『장미촌』, 1922년 『백조』 창간 동인으로 가담하여 『백조』 창간호에 시작 「객(客)」·「하늘의 향연(饗宴)」·「이별한 후에」를 발표했고, 『백조』 2호에 「우연애형(牛涎愛兄)에게」라는 수필을 발표했다.

1923년 소설 『반항(反抗)』, 1924년 첫 시집 『처녀(處女)의 화환(花環)』, 1928년 제2시집 『내 혼(魂)이 불탈 때』, 1938년 제3시집 『백공작(白孔雀)』 등을 간행하였다.

1940년 10월 6일 사망했다.

노자영의 시는 향토적 정조를 담은 낭만적 감상주의로 일관되고 있으나, 청춘기의 감상이나 고독감을 영탄조로 표현한 것이 많아 미문에 불과하다고 평가되어 왔다. 하지만 1920년대 청춘기의 정서를 표현할 수 있는 작문 방법을 보여준 점은 특별하다 하겠다. 특히 산문에서는 소녀 취향 문장으로 명성을 떨쳤다.

3권의 시집 외에 시극·감상문·기행문 등을 모은 『표박(漂泊)의 비탄(悲嘆)』(1925)은 물론 『청춘의 광야』(1924)·『사랑의 불꽃: 연애서간)』(1931)·『나의 화환: 문예미문서간집』(1939) 등의 문집, 소설집 『반항』(1923)·『무한애(無限愛)의 금상(金像)』(1929)·『영원(永遠)의 몽상(夢想)』(1929), 수필집 『인생안내(人生案內)』(1938) 등이 있다.

처녀의 화환

1925년 3월 25일 창문당서점(彰文堂書店)에서 발행한 46판 204쪽의 두 번째 시집이다.

내용은 총 4부로 구성되어 있다. 책머리에 서문이 있고, 1부 〈처녀의 화환〉에 12편, 2부 〈황금의 능금〉에 12편, 3부 〈나의 여왕〉에 12편, 4부 〈광야〉에 12편 총 48편이 실려 있다.

노자영 시인의 『백조』 시절의 편모를 알 수 있는 대표적인 시집이지만, 백조파의 다른 시인들의 시편처럼 영탄·비애에 찬 시세계는 볼 수 없다.

이 시집에서 노자영은 단순한 애상(哀傷)과 달콤한 감정을 드러내는 직정적(直情的)인 세계를 보여주고 있다.

큰글한국문학선집: 노자영 시선집

처녀의 화환

© 글로벌콘텐츠, 2018

1판 1쇄 인쇄__2018년 04월 20일
1판 1쇄 발행__2018년 04월 30일

지은이__노자영
엮은이__글로벌콘텐츠 편집부
펴낸이__홍정표

펴낸곳__글로벌콘텐츠
　　　　등　록__제25100-2008-24호
　　　　이메일__edit@gcbook.co.kr

공급처__(주)글로벌콘텐츠출판그룹
　　　　이사_양정섭　기획·마케팅__노경민　편집디자인__김미미
　　　　주소__서울특별시 강동구 풍성로 87-6(성내동) 글로벌콘텐츠
　　　　전화__02-488-3280　팩스__02-488-3281
　　　　홈페이지__www.gcbook.co.kr

값 12,000원
ISBN 979-11-5852-180-6 03810